【短編詩集】

異邦人の憂鬱

山口達也

Tatsuya Yamaguchi

文芸社

目次

からっぽの世界

僕の目から見たら　ここはからっぽの世界
からっぽの世界で　からっぽの自分を知る

何が政治改革だ　何が失業率だ
そんなことはどうでもいい　ここはからっぽの世界

誰か助けて下さい　医者を教えて下さい
気がふれそうなんです　ここはからっぽの世界

ここはからっぽの世界
そう　からっぽの世界さ

無題

手探りだった
自惚れていた
何も無かった
どこかへ弾け飛んだ

真っ暗闇だった
宝物失くした
総てを諦めた
いつしか黙りこんだ

僕の未来が
どんどん色あせる
雨がそこら中に降る
何者にもなれなかった………

絶望

絶望するために生まれてきた
絶望は期待を裏切らない
夢も希望もやがては絶望に変わる
だからもっともっと絶望したい

明日なんか来てほしくない
明日なんか燃えてしまえ
まだまだ絶望が足りないのです
だからもっともっと絶望させて下さい

誰の助けも救いも要らない
鳥肌のたつ暗く冷たい闇の中へ
絶望に次ぐ絶望に次ぐさらに絶望の中へ
そうすれば天国も見えてくるだろう

自殺志願

天国へ行きたい
願いはただひとつ
あとは何も要らない

地獄も悪くない
エンマ様に舌を抜かれても
無口な僕には何でもないこと

落ち着くところがないから
落ち着くところがないなら
自分から堕ちていくしかないだろ

願わくば天国へ
誰よりも遠くへ………

鏡のない国

鏡のない国へ行きたい
自分の顔見ないで済むもの

醜い顔　酷い顔
汚い顔　吐き気がする

こんな顔は　一刻も早く
灯油に火を付けて　燃やしてしまえ

真っ黒焦げの　死に顔は
きっと穏やかだろう

孤独な夜

孤独な夜
いつでもそうだった
ひとりぼっちの夜

孤独な夜
温もりから拒絶した
拒絶された夜

孤独な夜
逃げても逃げても
追いつめられる夜

孤独な夜
友達にはなれそうもない
疲れた体を締め殺そうとする夜

潰れた心

希望のかけらも
絶望に変わってしまうんだ
グニャッと潰れた
僕の心

とっても気持ちが悪いから
居ても立ってもいられない
一体どうなってるのかな
心の形を見てみたい

止まない雨

涙ではない
心の中に雨が降る

窓の外では青空が
太陽の存在を強調する

こんなに日射しが強いのに
太陽は乾かしてもくれない

憂鬱な一雫が
また心に落ちてきた

ほら　みるみるうちに
心のタンクが溢れ出す

酔いどれの悲しみ

寂しくてやるせなくて
酒を呑む
辛くてどうしようもない
長い夜
ひ弱で頼りない
自分を殴る
空しさだけが残る
酔いどれの悲しみ

神経衰弱

退屈な人生の代償として
僕は神経を患い

戦う意志を失くした
弱りきった精神は

死を夢見るほかに
思うこともないらしく

すきま風にさらされて
眠れぬ夜に身を任せてみようか

望郷の樹海

溶岩づたいに　ゆっくりと
歩めば深い　森の中

誰かの寝息を　聴きながら
大樹の根っこに　腰掛ける

嘆きの雨の　音ではない
死んだ詩人の　声を聴く

…………

いつまでも　腰掛けている
わたしも眠って　いたかった

敗北者

冷たい冬がやってくる
僕の季節

敗北者は文字通り北を目指す
僕も北へ向かう準備する

吹雪の中を敗北者の行列が進む
最後尾から後れをとって僕も歩く

そして最北端の凍った湖にたどり着いたら
ひとりまたひとり凍った湖の中へ消えてく

僕もまたひとり順番を静かに待つ………

今日のために

ラジオから流れてくる
悲しいメロディー
心まで響くよ
一体誰の歌だろう

悲しい歌が僕は好き
だって儚い存在だから

僕は何のために生きているんだろう
それは今日のために

でも今日はもうすぐ終わりそう
じゃあ明日のために

天使の声を下さい

生きることが下手くそな
死にかけの僕に
天使の声を下さい

どうしようもなくやるせない
空しさで満たされた僕に
天使の声を聞かせて下さい

嵐の中で放心する
雨と涙で土砂降りのこの僕に
どうか天使の声をおかけ下さい

14階から

地上35メートル
14階の非常階段から
あの世へジャンプするのさ

思えば暗く
憂鬱な青春だった
幸せの青い鳥はもう飛ばない

金色の矢印がびっしりと
月灯りに照らされて
にぶい光を放つ

さあ煙草を喫おう
狂い酒を呑もうよ
最後にあの歌を口ずさもう

死は、光なのか

光は
どこにあるのか

弱い生きものは
涙だけが光なのか

涙も尽きてさまよえば
光はもう無いのか

それとも死は
死は光なのか

教えておくれ
死は光なのか

目を閉じて舟を漕ぐ

満月の夜
知らない国の海に
そっと小舟を浮かべよう

どこへ行くかは知らないけれど
潮風に任せて
あの星に近づこう

そして浜から遠く離れたら
目を閉じて
舟を漕ごう

悪夢

午前3時40分
睡眠薬に打ち勝った
悪夢で目覚める

夢の中で
俺は死んだ
血まみれになって

この悪夢は
やがて
現実となる

叶わぬ夢など見たくない

もう青い鳥は飛ばない
叶わぬ夢など見たくない
うつろな瞳は見逃さない
この世も自分もごまかさない
壊れた心は治さない
明日を望む馬鹿ではない
ひらく夢などありはしない
叶わぬ夢など見たくない

空中を散歩する

夜明け前
太陽の上昇とともに
空中を散歩する

馬鹿馬鹿しいほど
密集した人間集落
うんざりしてくる

そうだ海へ行こう
南の海は美しい
地平線を一周しよう

黄昏時か
カラスも寝ぐらへ戻ったか
今夜はどこで眠ろうか

海の泡

流氷の海へとびこむ
魚の群れに別れを告げる
どんどん沈んでゆく

海底には何も無い
ダンゴ虫のように丸くなって
貝にでもなったフリをする

何年か経ち
海の泡となった
今度は逆に海面を目指す

一気に駆け上がる
短い旅
やがて泡は弾け　あとかたもなくなるだろう

目隠しをくれ
もう何も見たくない

街はいつものように
ごったがえしているだろう

公衆便所はいつものように
ひわいな落書きだらけだろう

明日がくればいつものように
今日をそのままたどるだろう

目隠しをくれ
もう何も見たくない

目隠しをくれ

君は煙草を喫えるか
お酒も呑めるかい
ならば僕と仲良くしよう

人生なんて簡単さ
食べて働いて眠るだけだろ
僕と代わってくれないかな

吹けば飛ぶような
僕の命は軽い
試してみようか

君は絶望に耐えているのか
僕も手伝うからさ
世界をひっくり返してみないか

世界をひっくり返そう

街も田舎もガード下も
よその国も精神病院も人だらけ

自然を壊し　くまなく壊し
生きてくためなら何でもする気かね

どうして人間尊ぶの
どうしてそんなに性交するの

疑問を持たない人達で作った
街は笑顔のカーニバル

馬鹿馬鹿しい
みんなくたばってしまえ

人口過多

砂漠へ行きたい

半径千キロメートル
人ひとりいない砂漠へ行きたい
その中心に僕は立ち
３６０度の地平線を確認する
人恋しくなるだろうか
これでもひとりには慣れている
黄砂にまみれて寝そべって
僕には何が残るかな

オートバイが好きだった

オートバイが好きだった
風を切って走った
嫌いな自分が少しだけ
好きに思えることもあった

震動が伝わる瞬間が好きだった
山で清流をすくい
砂浜で煙草をふかした
海に沈む夕陽は美しかった

オートバイが好きだった
どこへでも連れていってくれた
嫌いな自分が少しだけ
好きに思えることもあった

私の中に
私の心はいない
私の心は
たとえばビルの屋上
私の心は
たとえば線路に横たわる
私の心に
花は咲かない
私の心は
もう私の中へ戻ってこない

心ここにあらず

名前なんかいらない

ことあるごとに名前を書き
ことあるたびに名前を呼ばれる

名付け親には悪いけれど
名前で傷つく人もいる

人間だけだぜ名前があるの
野良犬なんかに名前はないぜ

あんたが変わりで間に合うだろう
あんたが代わりに返事をしてよ

野良犬にさえなれない俺は

生まれた時から一匹だったさ
街中全部が俺のソファーさ
人間でなくて良かったさ

いつでも飢えてるわけではないさ
ドブの臭いだけではないさ
野良犬だって歌えるさ

目標なんて要らないさ
世の中なんてインチキさ
俺は野良犬で上等さ

………
ところが俺は人間なのさ
野良犬にさえなれない俺は………

森の住人

人里離れた山奥の
そのまたさらに山奥に
ひっそりと丸太小屋を建てよう

リスと一緒にドングリを食べよう
カモシカと一緒に景色を眺めよう
たまには小川で体も洗おう

ツキノワグマは怖いなあ
時にはケンカもするかもしれない
だけど最後には仲直りしよう

そして熊よりも怖い人間が
山菜とりにやってきた
怖い怖い　それみんなと一緒に隠れよう

怖いのです
昼夜を問わず
有無も言わせず
得体のしれない悪魔が
僕を叩き起こすのです

怖いのです
戦う力はありません
常に怯えているのです
そのため恐らくこの国で
誰よりも遅く床につくのです

不眠症

地の果てまで

逃げよう
地の果てまで

逃げるが勝ちさ
ボロボロにされちまう

だから逃げよう
一番ドリが鳴く前に

いいから逃げるんだ
地の果てまで命尽きるまで

新しい扉はまだ残されているんだ
だから振り返るんじゃない

目に映るもの総て
手に触れるもの総て
歩行者天国の総て
すれ違う車の総てが

テレビのニュースもくだらない
ゴミ箱つつくカラスだってくだらない
だけど何よりもくだらないのは
この自分

世の中なんてくだらない
人生なんてくだらない
だけど何よりもくだらないのは
この自分

何よりもくだらないのは

川から海へ

流れているのか
流されているのか
ぐるぐる回転しているのか
それでもやっぱり流れていくんだろう

冷たいだけの海へ向かうのか
クラゲのように海面を浮遊するのか
漁船の網にひっかかるのか
溺れてもがき苦しむのが関の山だろう

何のために川へとびこんだのか
自意識に従ったせいなのか
それとも悪魔の仕業なのか
死体は川を海面を静かに漂うだろう

誰も生まれ変わらないけれど
空想で一度楽しんでみよう

僕がもし生まれ変わるなら
人間だけはお断わり

そうだな　蛍がいいかな
3日で死ぬから

それにしてもそれにしても
どうしてまた長寿世界一の国に生まれたの

放っておけばあと50年
一日たつの長いこと

もしも生まれ変わるなら

ひとり特攻隊

爆弾積まずに　酒を積み
誰一人殺さず　自分を殺す
好きな音楽聴きながら
旧式ゼロ戦機に乗りこむ
エンジンかけて　それ離陸開始
太陽目がけて急上昇
地球よさらば
僕は星になる

煙草のけむり

煙草に火を点けて
けむりの行方を
追いかける

どんどん舞い上がり
やがて空へ溶けこんでゆく
けむりにあこがれる

足元に落ちた
灰は土に還った
もう一本喫おう

世界が終わる日
何をしよう

午前3時に目覚ましかけて
朝日をあびて思いきり深呼吸しよう

有り金はたいて友達呼んで
思い出ツマミに高級酒を味わおう

残った酒でオートバイ磨いて
西の海を目指して飛ばそう

そして最後は山のてっぺんで
夕陽に手を合わせ　永遠を見送ろう

世界が終わる日

日常という名の恐怖

嫌な朝　嫌でもやってくる朝
これから始まる恐怖の一日を思う

働くことは恐怖
人と接することは恐怖

ひとりで昼食を食べる恐怖
お昼休みの恐怖

仕事始めのチャイムの恐怖
自分の職場へ戻る恐怖

ロッカールームで着替える恐怖
何も無いアパートへ　トボトボ帰る恐怖

闇から闇へ

闇から闇へ逃げまどう
犯罪者じゃないのに

昨日の闇から今日の闇へ
今日の闇から明日の闇へ

過去がまるきしそうであったように
未来もやはり闇に包まれているんだろ

かざした手さえ解らない
一秒先さえ解らない

人生劇場

午前3時幕開けの
観客ゼロの人生劇場
主役もセットも何も無い
夜より暗い人生劇場

それでもどこからすすり泣き
確かに劇は上演中

笑いも拍手もオチも無い
魂にだけ解るストーリー

一回きりの人生劇場
幕が降りておしまいです

さよならさ

さよならさ
ここではない
どこかへ………

からっぽの世界Ⅱ

僕には何も　なんにも無い
からっぽの世界

同じ場所へは　もう二度と
現れない旅人さ

明日になれば　どこへ行こう
明日になれば　何をしよう

行きたいところも　会いたい人も
僕にはもうないけれど

行き場を失った旅人は
からっぽの世界

帰る海はない

気違いじみた
雨に叩かれて

どこへ行く
どこへ行けばいい
どこへ行けばいいのかよって言ってるんだ

ズブ濡れの　帰る海はない
光のない　冷たいこの世界

どこへ行く
どこへ行けばいい
どこへ行けばいいのかよって言ってるんだ

ひとりぼっちの戦い

本当の自分を求めて
戦いが始まる

居場所を探す
見つからない

自分を探す
途方に暮れる

幸せを探す
闇にまぎれる

見通しの暗い
ひとりぼっちの戦い

飛び降りノイローゼ

頭はからっぽ
心はうつろ

気違い人間元気よく
僕は飛び降りノイローゼ

年がら年中飛び降りる
落ちるんじゃなくて飛ぶんだよ

時間にしたら　たったの2秒
人生なんて簡単さ

ナルシスト死す

ナルシストが鏡を見てるよ
さっそく自慢の鏡を見てるよ
何て目をしてるんだ
気飾って馬鹿みたい
まだ鏡を見てるのか
前髪じゃなくて鼻毛でも抜いたらどうだい
誰もあんたに興味はないよ
気付かないあんたはただの馬鹿だよ
鏡に向かって生きてろよ
鏡の世界で生きてろよ

ヘッドライト

車にひかれた野良猫
お前に俺はただ南無阿弥陀仏
ましてや殺したドライバー
あんたにゃ罪の意識なんてないだろ

数えきれぬヘッドライト
あんた達はどこまで行くの

ガードの上から眺める
親父が我がもの顔ですっとんでく
ここでもどこでも人混み
人ゴミ　ゴミだらけの街は賑わってる

数えきれぬヘッドライト
あんた達はどこまで行くの

足跡

俺は生きてきたのか
ほんの一瞬でもいい
生きていた頃があっただろうか

頭を抱えて整理する
思い出はどこへ捨てた
走馬灯は空しく回るだけ

振り返る
足跡見つからない
波打際を歩き続ける

春一番

俺の生きる意味はどこにも無い
信じれば救われるものでもない
自分が誰なのかさえ解らない
生きる意味はあくびがでるほど無い

現実に身を任せて年をとる
何度目かすら解らぬ春が来る
春一番の風にとびのって
思い出も何もない　この地を去る

俺の生きる意味なんてどうせ無い
信じれば救われるものでもない
自分が誰なのかさえ解らない
生きる意味なんて笑い転げるほど無い

枯葉

春は僕には似合わない
桜吹雪は好きだけど
夏は僕には似合わない
だって泳ぐの下手くそだもの
冬は僕には似合わない
ただでさえ心冷たいのだから
秋に生まれてきた僕は
枯葉とともに死のうかな

ラヴソングは唄わない

ラヴソングなんか唄わない
ラヴソングなんか聴きたくもない
シリアスな歌を聴かせておくれ
まじめな歌を聴かせておくれ

恋愛幻想押しつけるなよ
孤独を寂しくさせるなよ

ラヴソングなんか唄わない
ラヴソングなんか聴きたくもない

君と別れて

憶えていますか
遠い昔のこと
僕のことを

楽しいことも
無かったわけじゃなかった
だけど君には
苦痛だったんだね

僕はすっかり変わってしまった
ボロボロになってしまった
見ていて下さい最後まで
僕のことを

クリスマスツリーの消えた夜

孤独に磨きをかけるため
クリスマスの夜へとびだした

恋人達は雰囲気に酔い
みんな何かをぶら下げて

笑えない僕と聖なる夜
今さら後悔しながら歩いた

夜更けてケーキの安売り始まった
ひとつ買って帰ろうか

クリスマスツリーの消えた夜
ひとりケーキを食べる夜

愛されたいのか

寂しがり屋ではないはずだった
手のひらだけが僕の話し相手だった
人を信じないかわり
裏切られることもなかった

ところが今日はどうにかしてるぞ
切なさで胸がはりさけそうだ
ひょっとして　もしかして
愛されたいのか

友情なんて冗談だろ
神様なんてお断わり
思いきり　思いきり誰かの女の子と
唇をなめ合いたいのかな

愛なんかいらない

現実の世界に感動はあるか
僕の心をゆすぶる何か
愛か？　愛なんて性交を
たくみにだました言葉と行動にすぎない

寂しがり屋の人の群れ
恋人達は無表情
生まれた時から男は女を
女は男を求めるなんて

強がり言ってるわけじゃない
寂しさなんかたたき返してしまえ
僕は子孫を残さない
愛なんかいらない　いらないいよ

太陽と月

太陽とともに昇り
まずは世界を叩き起こす
すっかり明るくなった頃
今度は雲にとび移る

流れる雲を次々と
ふんわり雲で昼寝しよう

太陽がもうすぐ沈むから
今度は三日月に腰かけよう

流れ星を数えて眠る
次の朝日が昇るまで

心中相手募集中

どなたかわたしと
逝きませんか

素敵な世界へ
旅立ちませんか

死を夢見るのは
もうやめませんか

いつでもいいです
連絡ください

向こうはきっと　美しい………

行方を知りたい

不眠症の朝は早い
いいこと何もなさそうな
今日の終わりを知りたい

部屋にいても仕方がない
僕の瞳とは対照的に澄んだ青空
あの渡り鳥の行方を知りたい

何故だか街まで来ちゃったよ
何故だかみんな幸せそう
道行く人の行方を知りたい

あーあ帰ってきちゃったよ
やっぱりいいことなかったよ
退屈な僕の未来を知りたい

人間嫌い

人間て変な生きもの
口をパクパクさせて
二本の棒で動いてる

犬より大きな声をたて
機械と一緒に働いて
食事と性交くりかえす

人間なんてやめたいよ
だけどやめさせてくれないの
だーれも殺してくれないの

ゴキブリよりもしたたかだ
人間なんて大嫌い
大っ嫌いだよ人間なんて

雲の上から

地球なんぞに興味はないぞ
だから真下は見おろさない

雲の上では飛行機が
僕を目がけて突っこんでくる

少しは静かにさせてくれ
星かと思えば人工衛星

チカチカ灯りが見えなくなるまで
真白き闇の中をゆく

僕には耐えられそうもない
長くて冷たい百年の孤独

あくまでひとりで生きていく
ひとりで生きていくわけなのだけれど

瀬戸際で叫ぶ僕がいる
瀬戸際でわめく僕がいる

やっぱり耐えられそうもない
暗くて寂しい百年の孤独

百年の孤独

風が通り過ぎていく
通り過ぎていくよ
何もかも

風に乗れない僕は
まるで巨大なダンゴ虫のよう
吹きさらしの中で縮こまる

記憶をさらって風が吹く
通り過ぎていくよ
何もかも

風は通り過ぎる

話があるなら風に聞け

沈黙だけで十分だ
話があるなら風に聞け

ラジオもテレビも必要ないさ
音楽だけは聴きたいけれど

会話をするなよ笑うなよ
面白い世界じゃないか

沈黙だけで十分だ
話があるなら風に聞け

何をしても長続きしない
飽きるから

たいくつだから海に来た
たいくつな海

仕事も食事も商店街も
泣きたいくらいたいくつ

自殺もせずに生きていけるね
こんなたいくつな世界

たいくつな世界

何も考えることはない
そのまま行けるところまで行けばいい
思えばいろいろあったよね
だけどもう　楽になれるんだね
君を忘れない………
ひとつ宇宙に輝いてる
君の小さな星

小さな星

旅人の詩

リュックには　酒と煙草と
寝袋と好きな本を
向かい風は嫌だから
追い風にまかせて長い旅
いつかはどこかへ
たどり着けると信じて
風に逆らわないように
自分に逆らわないように

僕はあの世へ行けるかね

僕が死ぬ前逝く前に
別れを告げる人はいるのかね
みんな僕のこと忘れてね
静かにさよならしようかね

今となっては唯一の
楽しくあの世へ行けるかね
ひっそりと離別の時を待つ
確かにあの世へ行けるかね

宴会準備も整って
僕を待っててくれるかね

最悪の人生を送るために

最悪の人生を送りたい人は
そのためには
僕の血液が必要だ

暗くてひ弱で醜くて
取り柄もなければ影薄く
馬鹿で協調性もない

誰か欲しい人いませんか
わたしの人生いかがですか
世界が腐って見えますよ

毒の雨でも降ってこい

歩き続けてきた
もしくは走り続けてきた
時として立ち止まり
そして動けない

ところ構わず倒れこむ
倒れて死んだフリをする
突然雨が落ちてくる
自業自得と雨は言う

旅の行き先忘れたよ
自業自得と雨は言う
こんな雨ではもの足りない
毒の雨でも降ってこい

気まぐれな季節

春は気まぐれ
みんな陽気で
僕うつろ

夏は気まぐれ
ギラギラ太陽で
体の芯まで乾涸《ひから》びる

秋は気まぐれ
落ち葉とともに
僕も散る

冬は気まぐれ
吹雪の中で
僕も凍てつく

案外すんなりと
僕もここまできたが
まだまだ未熟の
十九の半ば

特に成功もない
特に挫折もない
特に友情もない
特に恋愛もない

期待はずれの僕の人生
僕も十九になって
僕も十九になって
生きることの意味考えてみるよ

十年前の詩

素直なだけさ
純情なだけさ
運命に従うと
この様になる

ここは精神病院
11号室
変な人たちが
集まるところ

鉄格子から
眺める空は
ぼやけて見える
僕は不安になる

精神病棟にて

明日へ向かって

今日が駄目なら
明日があるだろ

地上が駄目なら
空があるだろ

明日へ向かって突き進め
大空へ向けて飛びたとう

今日が終わりじゃないだろう
今が総てじゃないだろう

わずかな希望をポケットに
握り拳《こぶし》をポケットに

眠れぬ夜
夜明けが見たくて
海へ来た

夜明け前の砂浜に
腰を降ろす
太陽を独り占めしよう

缶コーヒーの温もりと
一箱の煙草があればいい
遠くオレンジ色の水平線

夜空を星が溶けてゆく………

夜明け

苦手なコミュニケーション

話す言葉がないのです
成立しないコミュニケーション
何を話せばいいのやら

会話しないと駄目ですか
成立しないコミュニケーション
沈黙続くと焦りだす

本当のことなんて言えません
成立しないコミュニケーション
おしゃべりな人を連れてきて

少数派

わたしの仲間は
どこにいるの

あちこち探してみたけれど
どうして巡り逢えないの

仲間の話を聞いてみたい
わたしの話を聞いてほしい

でももう探すの諦めようかしら
だってひとりぼっちに慣れちゃったもの

そのかわり涙もろくなっちゃった
何故だか涙がでてくるの

抜け道

わたしのゆく道
泥の道
残った抜け道
けもの道
足跡無き道
不安な道
十字を切って
進む道
いばらの道で
血だらけだ

混み混みした街を
逃げるように避けて

田んぼばかりの田舎を
稲刈りを横目にしながら

景色は少しづつ変わりつつある
僕だって変化していくんだ

でもそれは気持ちの中だけでしかなく
時間のスピードにはついていけない

定まらない気持ちは揺れている
人々の忙しさとは裏腹に

変わりつつあるもの

安全カミソリ

わたしに血液流れていますか
これで生きていると言えますか

疑問はやがて不信へ変わり
安全カミソリ買ってきました

軽く左手切ってみました
急いでティッシュで押さえました

確かに血液流れていました
確かに血液見たけれど

だけどわたしには解らない
わたしの正体は血液ですか

単独行者

夢追いかけて
さまよう旅人
それはいつでも
単独行者

山へ登って
海を眺めて
雑踏の中にいたりする
単独行者

ギターを弾いて
詩を書いて
ロマンチストな
単独行者

命日

カレンダーのせいだ
僕が憂鬱になる原因
もう今年の終わりまで刻んでる

毎日毎日毎日が
僕の命日の可能性
こんなに怖いことはない

何年何月何日だ
神様教えて僕の命日
怖くて怖くてたまらない

春は来るのか

いつまでも北風止まない
春は来るのか人生の

雪さえ無いけど冬は冬
春は来るのか人生の

ポカポカお日様嬉しいね
ポカポカ菜の花ベッドの上で

みぞれに打たれて立ちつくす
春は来るのか人生の

さよならは言わない

さよならは言わない
さよならなんか言わない
人知れず消えるだけさ

からっぽの世界Ⅲ

いつからか
世界に色が無くなった
逃げだしたい今すぐに

にんじんを
目の前にぶら下げて
歩かされるのはもう御免

賑やかだね
ぎゅうぎゅう詰めだね
ぎゅうぎゅう詰めのからっぽ

もういいですか
いつでも準備は出来てます
それ　いちぬけた

成長

子供の頃はいいことが
たくさんあると思ってた
だけど大人になってみると
なんにもいいことなんか無い

子供の頃はいいことが
たくさんあると思ってた
だけど大人になってみると
メルヘンの世界はきれいに消えた

子供のころは陽気で元気で
大人になること願ってた
だけど大人になってみると
世の中は怖いものだらけ

とうとう大人になっちゃった
悲しい大人になっちゃった

八方塞がり

見事な壁だな
見とれてどうする

自分で築いた
心の殻さ

僕はこの中で
生きていく

泣きたいくらい
ひとりだな

愉快で愉快で
不愉快だ

時計

秒針にしがみついても
時計は止まってくれない
すれ違う車も止まらない
僕の心臓も止まらない

年を重ねていくたびに
空しさつのっていくだけだ

誰か時計の電源切ってくれ
人生やり直させてくれ

ジャズ喫茶

哀愁を帯びたコルネットのひびき
ひとりジンライムを傾ける

頬杖ついて自分に語りかける
外国製煙草に火をつけて

今度はピアノが流れてきた
二杯目のジンライムを頼もうか

今はこのまま静かに過ごしたい
空しさだけはこの店に残して

迷路

人生は迷路なのか
分岐点ばかり目立つ
悩む悩む悩め悩め
金は無くとも暇はある
どちらを選んだとしても
退屈なのは解ってる
後ろからはあとがつかえてる
出口はどこ？

公園にて

ベンチに腰かけてどうなる
鳩を見つめてどうする
空を見上げて何がある
老いぼれじいさんみたいだ
考えこんで何か解るのかい

ベンチに腰かけてどうなる
こんな昼間に何をしている
砂場で遊ぶ子供じゃないんだ
だけどここしか行き場も無い
考えこんでも解らない僕の未来

夜の日記帳

長く暑い一日が終わり
今夜も日記帳開けるものの
何週間も空白のまま

ふざけた日記と思いつつ
心の日記はつけている
だけど本当の日記に向かうと
ボールペン持つと震えだす

現実の姿見たくない
本当の自分隠したい
誰かに見せるためではない
誰にも見せたくなんかない
今夜も書けずにペン置いた

スポットライト

一度は浴びてみたかった
スポットライトに照らされて

僕の歌う詞は暗いけれど
スポットライトが助けてくれる

だけど僕には無理だったんだ
だけど本当は歌いたかった

だから月灯りの下で歌うんだ
たったひとりで歌うんだ

誰も聞いてくれなくていい
夜空へ向けてただ歌うんだ

トラウマ

幼い頃のトラウマが
今頃になってよみがえる
僕はいじめられっ子で
地獄のような日々だった
僕の大切な友達は
十九の時に首吊った
大人になると無くなると
信じた地獄はまだあった

悲しきダメ人間

ダメ人間は　手際が悪い
仕事ができない　迫害される
自分に疑問を抱く　答えが見つからない
生きてるだけで疲れる　終わりの日は遠い

あああ………

ダメ人間に　明日はないのか
希望はないのか　幸せは来ないのか
苦悩は続くのか　慰めはないのか
存在の必要性はあるのか　死ねば済むのか

あんまりだよ………

泣くのはよそう

涙は泣くのはもうよそう
泣いても解決しないから

雨降る夜に星空を描こう
理想の星になれるから

ひざを抱えたその手を離そう
その手が翼に変わるから

無心になって舞い上がろう
翼が雨に濡れるから

涙は泣くのはもうよそう
泣いても解決しないから

青空の下で

雲ひとつない空
青い空
もったいないほど
良い天気
することないから
爪でも切ろう
青空は素晴らしいけれど
人生って退屈だね

永遠を見たい

永遠は
どこにある

身近にあるのか
手に入らないのか

海の向こうか
空の彼方か

死んでもいいから永遠を
永遠を見たい

私が書いた詩皆嫌い

私は嘘つきではありません
詩の一面は真実です
だけど私が書く詩は皆暗い
だから私が書く詩はこれっきり

グッド・バイ

優しくして下さった人達へ
思い出をありがとう
そして健闘を祈る
グッド・バイ

【著者プロフィール】

山口　達也（やまぐち　たつや）

1972年　三重県生まれ。

幼少のころより、生きることに疑問を抱く。

事情により精神病院入院中、看護婦の励ましもあり、100篇の詩を書き上げ、このたび詩集を出すに至る。

未だに、生きることに疑問を抱く。

29歳。

短編詩集　異邦人の憂鬱

2002年7月15日　初版第1刷発行

著　者　山口 達也
発行者　瓜谷 綱延
発行所　株式会社　文芸社
〒160－0022　東京都新宿区新宿1－10－1
電話　03－5369－3060（編集）
03－5369－2299（営業）
振替　00190－8－728265
印刷所　株式会社フクイン

ISBN4-8355-4094-8 C0092